风来自你的方向

隔花人 著

大绵羊BOBO 绘

浙江人民出版社

目录 contents

我·在·人·海·里·选·中·你···

等待你，如此漫长

PART 1.

初次见面

那一天

你以为是你先看见我

其实是我先朝你的方向跑去

这一路太长了

我累得只好

趴在你的脚边

不会说话

可惜我不会说话，无法让他知道

当他不在我身边时，我有多想念他

我总是坐在门口，望着他离开的那个方向

有一天他回来了，呆呆地望着一个方向

沉默不语

我才明白

在爱一个人时，我们都不会说话

尾巴是月亮的秋千

我喜欢摇尾巴

尾巴后面跟着风

风后面跟着树

树下是片刻存在的人

当我摇尾巴时

世界是个摇摇晃晃的影子

我们生在树下荡秋千

影子挂在月亮上面

跟屁虫

你老说我是跟屁虫

我明明是一只狗

我想给你写一封信

你打开信

会看见我想你时

跑过的每一个脚印

伪医生

我的天赋是

比你更早发现你生病

我的缺陷是

无法照顾生病的你

狗尾巴草

狗尾巴草

要风来了才能摇摆

而我见到你

就可以

遗嘱

想到死亡
真是头疼啊
我眼前这个人
还不知道可以继承给谁

爱听我解释

爱是满满的狗粮

还是帮我买狗粮的人

爱是溜达时遇见的另一只狗

还是带我溜达的人

爱是一门"是或还是"的哲学

爱在狗的世界里没有正解

等你回家

我想给你打个电话
问你什么时候回家
可我不知道你的电话号码
只能等你回家

口水

我垂涎的样子
实在不太美观
但在你面前
我可以做自己

对比

如果你决定养我

你只需养我十几年

但是我陪你

我会陪你一辈子

闻闻

遇到新的东西、新的人
都要闻一闻
我闻过世界上的一万种气味
以此来证明你的独特

一米高

我的世界只有一米高
我不明白
为什么有那么多高楼大厦
那么多地铁轨道
我不爱远方的狗
我只能看见身边的人

如果有来生

如果有来生

我会不会再当一只狗

这个问题

可能我上辈子也想过

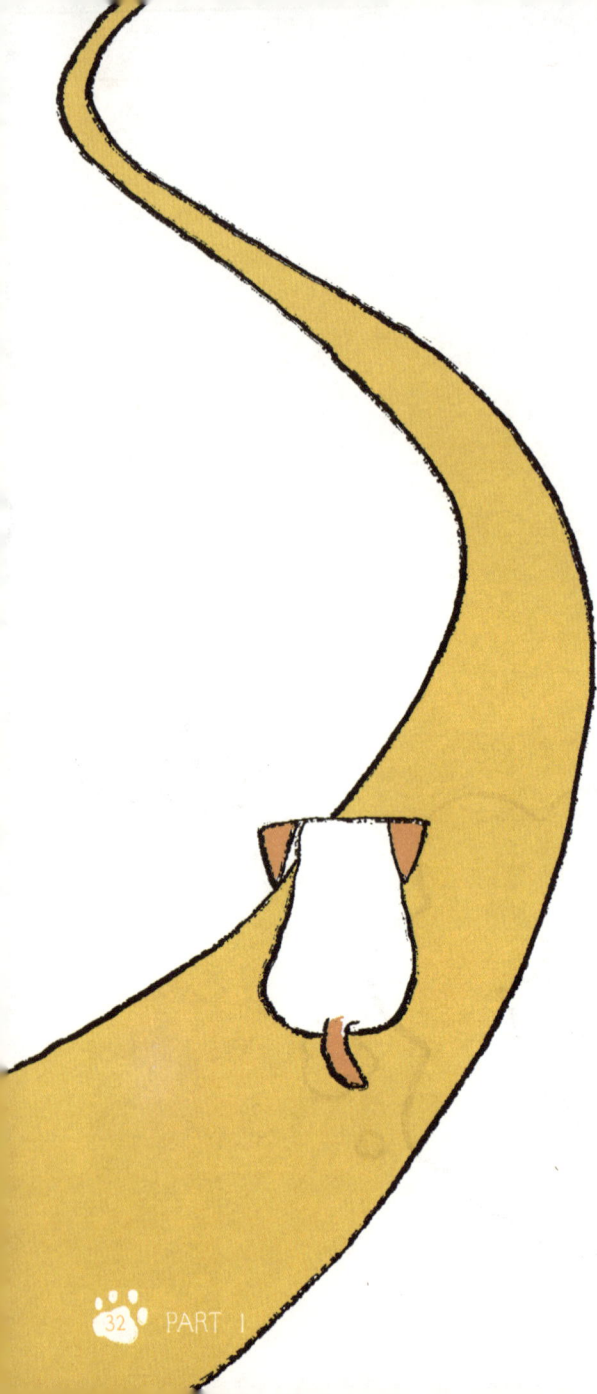

原地

无论你去哪

我都会待在原地

一直望着你离开的方向

狗的世界没有导航

总以为你只能原路返回

昂首挺胸

我堂堂正正地爱

昂首挺胸

而我对你的爱

让我低头

去蹭蹭你的脆弱

先知

我爱趴在你的脚上睡觉

这样你离开

我会第一时间知道

原生
家庭

我不知道我的爸爸是谁
连妈妈也没见过几次
好像从出生起
你把我收养
我就已经是我了

约会

我们坐在草坪上发呆

发现夕阳是免费的

如果明天还能和你一起

我想为夕阳付费

镜头感

我总是被拍到傻乐的照片

因为给我拍照的人是你

我只是

对着你笑而已

动态

爱，不是动心

而是动身

每当你出现

我就立马奔向你

笨蛋小狗

我很聪明的

知道如何当一个笨蛋

你摸摸我的头

我就忘记你什么时候会走

汪

用文字形容一种声音
本质就是错误的
汪汪汪
也有可能是我爱你

手相

陷入爱时

会变得迷信

有一天我琢磨自己的手相

试图从纹路和毛发中推算出

你回来的日期

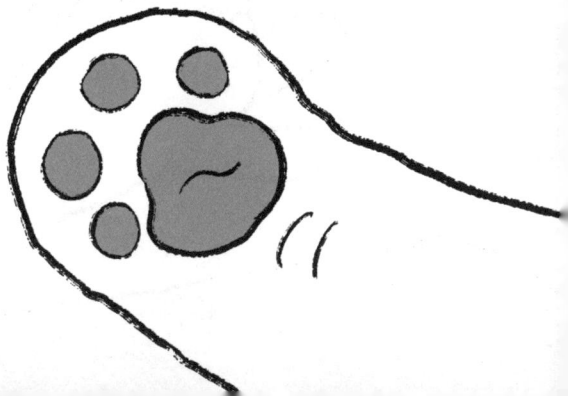

汪的本性

你回家那一刻
我就忘记你出门几天了
只记得好的那一部分
是狗的天赋
还是爱一个人时的超能力

告别

抱歉，我还没有学会挥手

这些具象化的事

我都学不会

如果你回头，就能看见

我的眼睛

因为长时间盯着你离开的方向

流出不适宜的泪来

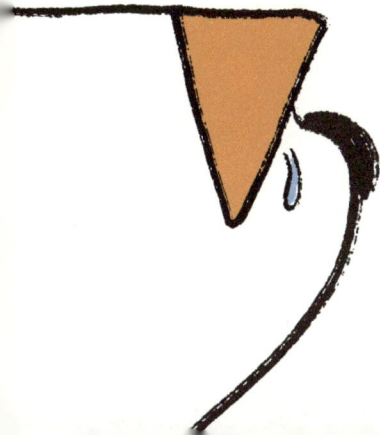

辛

苦

许多人对你说：辛苦了
是想让你再帮他做点什么
而我躺在你的脚边，不让你走
是想说：辛苦了，休息一会儿吧

黑夜是由
我的眼睛
组成的

黑夜太大了

我在白天，用眼睛望向窗外无数遍

才组成一个你回来的黑夜

多面体

我像一只鱼，不会记仇
我像一头骆驼，把快乐储存很久
我得先是一只狗
才能待在你身边不走

小狗的心事

PART 2.

物理拥抱

我并不知道拥抱是什么
我只知道要冲到那个人身上去
速度的惯性
会让他不得不抱住我
我的爱，是一种物理原理

狗的世界没有日期

我不知道

我们分开多久了

自从那天他去了外地

就再也没有撕过日历

被藏起来的

巧克力

人常常用巧克力表达爱
却因为爱我
把巧克力藏起来
原来，爱和恐惧是共同体

你一定要原谅我

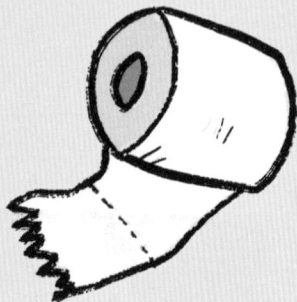

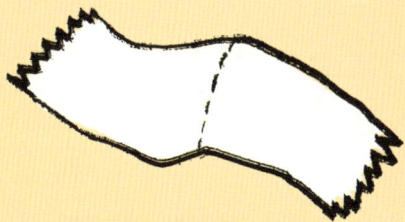

如果我做了错事
请你一定要原谅我
因为是你先用人类的道德
来规范我

我也
没办法呀

有人嘲笑我在树下尿尿

哼

马路上

又没有狗的公共厕所

我是一只鱼

我的大脑存量不足
只能偶尔回忆过去
一是遇到你
二是离开你
我在遇到你时感谢过去
我在离开你时想起你

摸我狗头

每个见到我的人
都要摸摸我的狗头
如果有一天我秃了
我该找谁
赔偿我一顶帽子

行李

你的行李箱
装了衣服、电脑和书
什么时候
我也可以变成一件行李
出个远门去

拥抱的重量

我轻一点,

可以成为一个人的挂件

我重一点,

就变成了一张靠椅

朋友

狗是人类忠诚的朋友

可你分明不会用"忠诚"

来形容你的朋友

人类的文字游戏

狗不想玩

充电

我跑来跑去

把电量耗干

这个世界就和我无关

当我什么都不管的时候

才能真正地充电

朋友时态

我的世界很简单
你给我吃肉
你就是我的好朋友
你不再给我吃肉
我也会记得你曾是我的好朋友

刺猬

我叼着刺猬
并不是想吃它
只是想带它回家
我误以为口腔里的疼
是刺猬的伤口

吃雪

雪是冬天的特产

我想吃

它去陈被我的热情融化了

快乐
是个动词

我总是奔跑着

去追求我的快乐

如果待着不动

悲伤也会待在原地

证据

如果我有一部手机
里面全部是：
汪汪汪
被别人捡到
也发现不了我的秘密

骗人是小狗

骗人的永远是人

不是小狗

遗

忘

我会用摇尾巴表达好感
每次摇尾巴
记忆就会甩出去一点
直到有更多空间
对下一个人表达好感

日常勇敢

想到什么就去做

被阻止了还是会去做

这是我的日常

却是人的勇敢

懂

得

你不是狗
所以你永远不懂狗在想什么
我不是人
我也不知道人在想什么
我只会陪在你身边等你想通
但人与人之间
是不用完全懂的
能陪在你身边
就算懂了

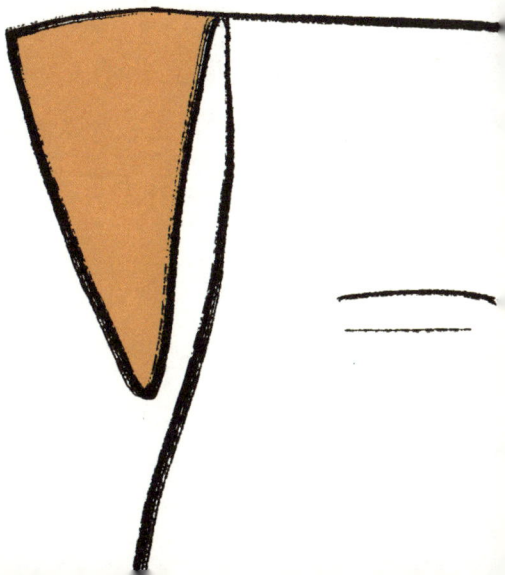

照镜子

见到镜子里的自己，觉得它好孤单

直到人也出现在镜子里

我才感到安心

镜子里的人

会照顾镜子里的我

胜负欲

我翻过最高的山

是垃圾桶

那里没有石头和树

只有我今天会不会被发现

的赌注

观

影

人类花钱看一场两小时的电影

而你是我用爱观看一生的电影

想象力

我的想象力太贫瘠了
只能从家的地毯想到小区草坪
最远想到我们曾路过的河堤
我想，我一定比想象中更爱你

不说再见

我的告别仪式是
躲在行李箱里
偷偷说一声：
早点带他回来

大道理

我不会说人话
只会用行动表示
我爱你

如果我是一个人

有时我也会想

如果我是一个人

我会做什么

但我不想成为一个人

因为狗没有那么多的欲望

13:14

时差

我和人是有时差的
我睡觉时间更长
一日不止三餐
但在爱这件事上
我永远准时

拥抱的多样性

那天
你的眼泪掉在我的头上
我想，把头痛哭
也是一种拥抱吧

垃圾桶有吃的

每次我翻垃圾桶

都会被骂

你以为我贪吃

其实我只想知道

那些一次次被否定的地方

是不是才有真的冒险

做一只成熟小狗

PART 3.

卖气球的狗

在公园看见
一群小朋友拿着气球
我回家吃得饱饱的
把肚子鼓成一个气球
别人有的我也要有

狗

性

人常说

狗是人类的朋友，很通人性

我对我的朋友说

这人很通狗性啊

我一摇尾巴

他就知道要抱我了

你礼貌吗

你伸出手来

开心地和我击掌

按照人类的礼仪

此时应该牵手

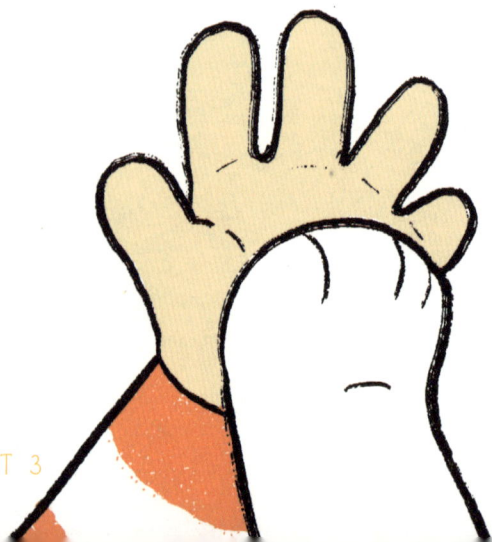

星星眼

我常常抬头看星星

星星就来我眼睛里玩

所以我看你时

才有星星眼

失恋

最近失恋了
躲在家里
没有出门也遇不到新的狗
没有爱的狗
每一天都是一场失恋

月光族

玩具都玩坏了
只好玩矿泉水瓶子
我已经学会和人一起
等下个月发工资

平等

你生在窗前

我生在你的旁边

阳光平分给你和我

时间从脚边经过

没有一点多余

宝藏

家里的地板
已经刨不出任何宝贝
我怀疑是人
全部拿去卖掉了
来养这个家

嗅觉

有一天我看见
一只狗飞快地跑过街道
我想它一定在风中
闻到了曾经熟悉的味道
狗是懂狗的
我们的记忆只是一种嗅觉
可是风会吹散许多

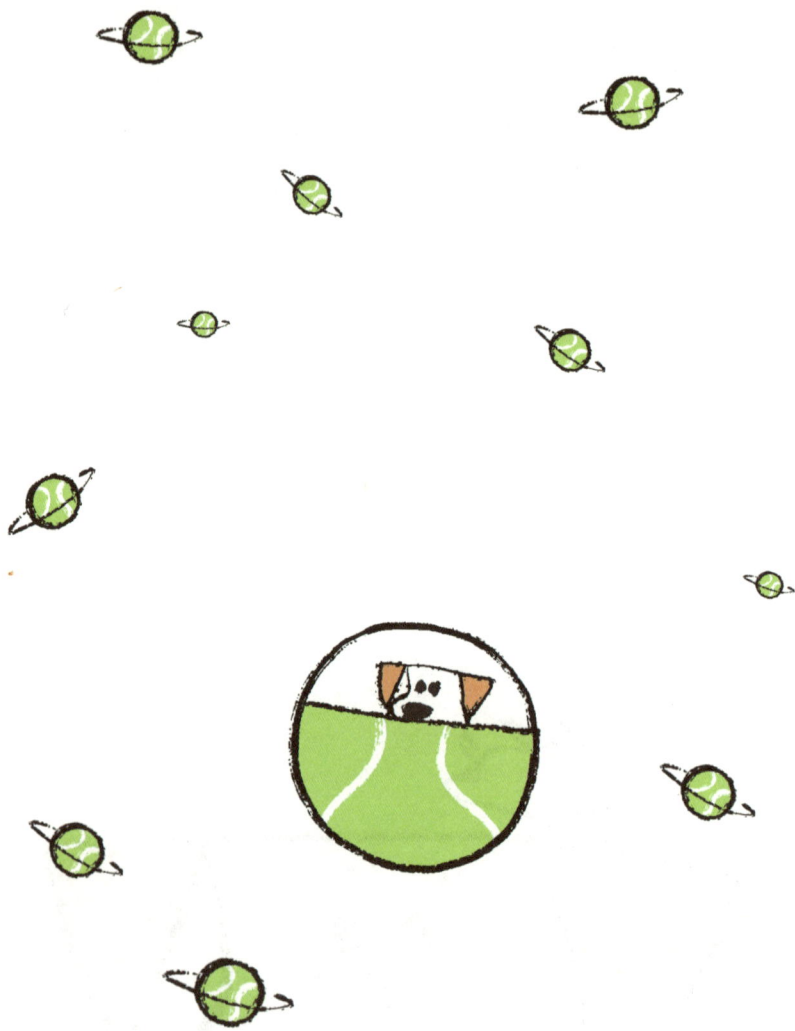

科幻

球是天花板下的陨石

等我玩坏 100 个

就能找到

去外星的秘密

社交账号

我的好多朋友

都有自己的社交账号

但绑定的

却是人类的身份证

刻板印象

狗爱啃骨头
是一种刻板印象
我爱吃的还有很多
如果你买给我

肉包子打狗

肉包子

无法伤害我

把武器变成食物

是我的吃货哲学

别人的目光是体重秤

我什么都吃
邻居很挑食
我和它说
胖一点又没事
狗的世界
没有最小码的衣服

我替你记得

电梯间不知道

它一生会遇到无数种外卖

但我能闻到

那些贪吃的邻居

新大陆

我站在树下尿尿

以此占领一棵树

我坚信

我的一生将拥有一座森林

覆盖人类的沙漠

垃圾的定义

你把垃圾丢进垃圾桶

垃圾才成为垃圾

我从垃圾桶把它翻出来

它就成为我的宝藏

表情天才

爱的高级表现形式

是我的脸上不经意露出

你常做的表情

可你看见了

只会拍下来发朋友圈

不预设

我不会预设
明天会遇见什么狗
我只关心
我此刻吃的东西
和给我东西吃的人

写诗

电脑开着

我踩了过去

屏幕上出现一串文字

那是我的第一行诗

界限

我拥有今天的日出

就会失去昨天的日落

正如我无法同时拥有一个人的

快乐和忧愁

很快就玩完了

有一种玩具

叫作玩具狗

我不知道它是我的同类

还是我的玩具

单纯

我的身上
不超过三种颜色
这不是什么时尚穿搭
而是我的单纯本色

大事化小.

吃和睡是我生活中的大事
人却把它们当成小事
总关心另一个人
是否吃好睡好
自己的大事变成了小事
别人的小事变成了大事
爱和不爱本末倒置

玩水

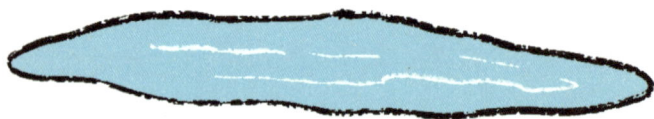

水坑

不会留下脚印

于是我不会记得

我踩过的每一个水坑

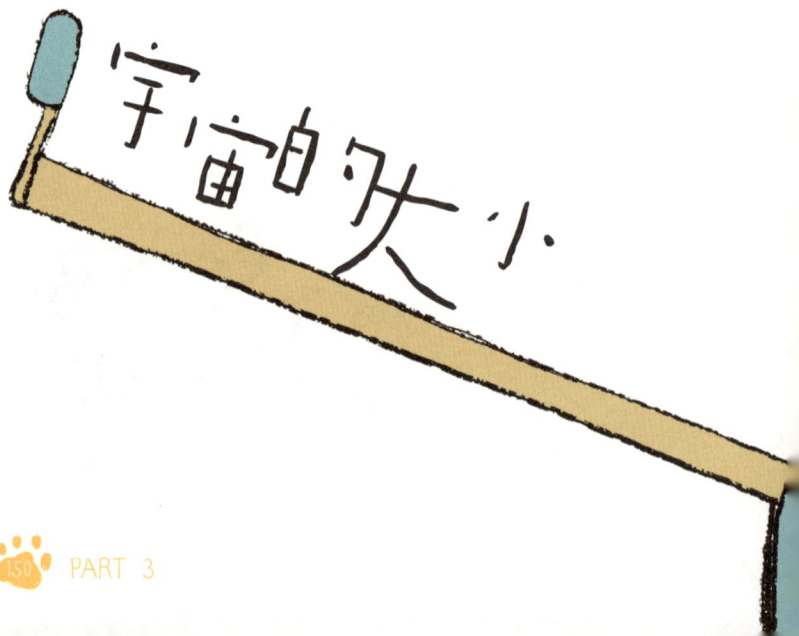

宇宙的大小

如果有一个跷跷板
这一头是我，另一头是宇宙
谁会在地上，谁会在天空
这是一种尚未被发现的定理，没有依据
我只知道
如果我心里有个跷跷板
一定是你更重

吵着玩

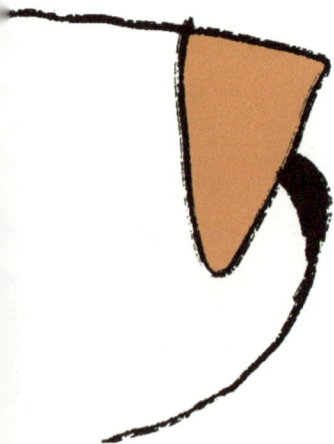

和邻居小狗吵架

它汪一下，我汪两下

几个回合之后

竟然觉得好玩

直球选手

我玩坏的每一个球

都是直球

长跑选手

我每次见你时的

百米冲刺

加起来

就是一生的长跑

未知数

我并不知道你会活多久

这对我来说是一件好事

不必担心

不必嫉妒

日落之前走回家

PART 4.

爱是什么

我无法回答"爱是什么"

这个命题大于我本身

甚至大于我和小区所有狗的总和

我只知道饿了就吃，困了就睡

人一定是见的人太多了

才会思考爱是什么

社恐

我没有兄弟姐妹
不太会交朋友
人爱招手
我只会摇尾巴

主人之命

那天我在街上
对另一只狗一见钟情了
我想冲上前去拥抱它
但心云被绳子紧紧拽住
于是我开始祈祷
我的主人爱上它的主人

蒲公英

 我不知道
蒲公英是用来吹的
我一口吃掉了
一个飞翔的梦想

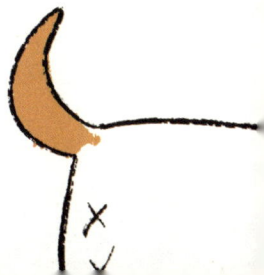

自由

我在路上走着走着跑起来

你收放自如地牵着狗绳

我假扮一只风筝

你飞向童年的天空

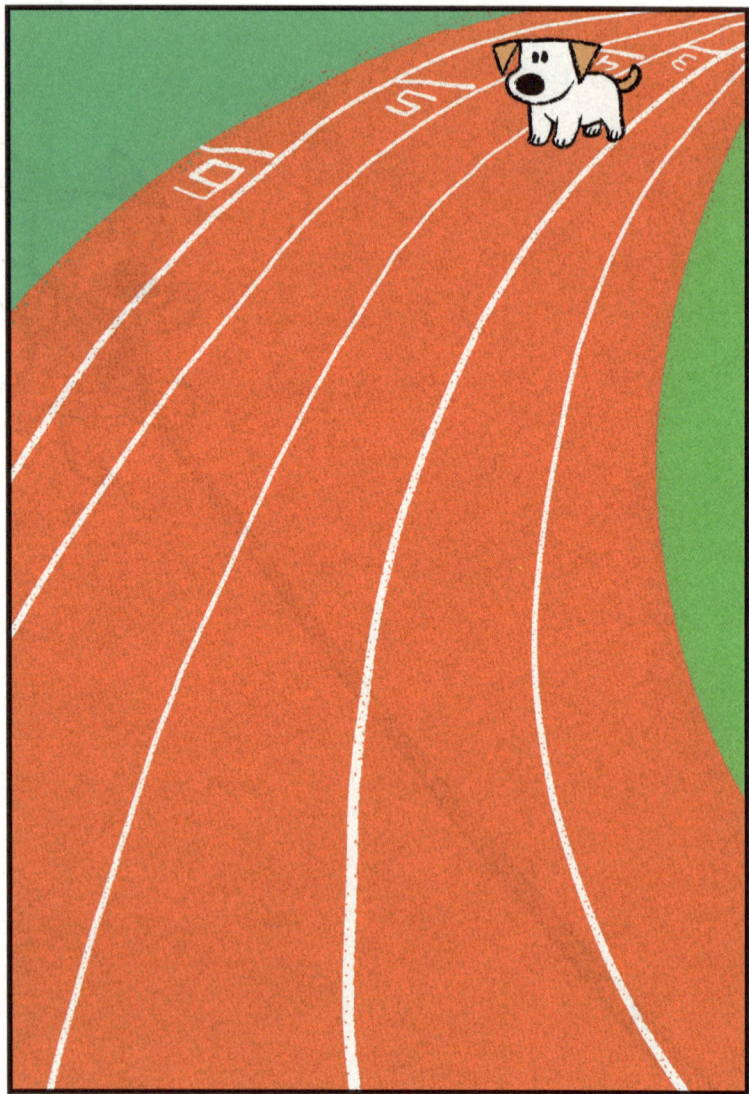

比赛

我跑过去

那个人也跑了起来

我想爱你

你却和我争输赢

碎碎念

我不太确定

我刚刚打碎的是花瓶

还是人的话匣子

他站在那里

念了一下午

科学
谣言

你也许从科学的维度了解过

狗是什么样的动物

吃喝拉撒这些世俗的规律

但你没有当过狗

又怎么会知道

狗内心存在一种孤独的艺术

天赋

我很呆

我很会发呆

我只想在你身边

呆着

家和
流浪

我遇到一只流浪狗

他盯着我的食物

而我观赏他野重的毛发

还来不及思考哪一种更好

我们和彼此的命运擦肩而过

门缝里看狗

离开的人

不要重重地摔门

声音会吵到

我盯着门缝的眼睛

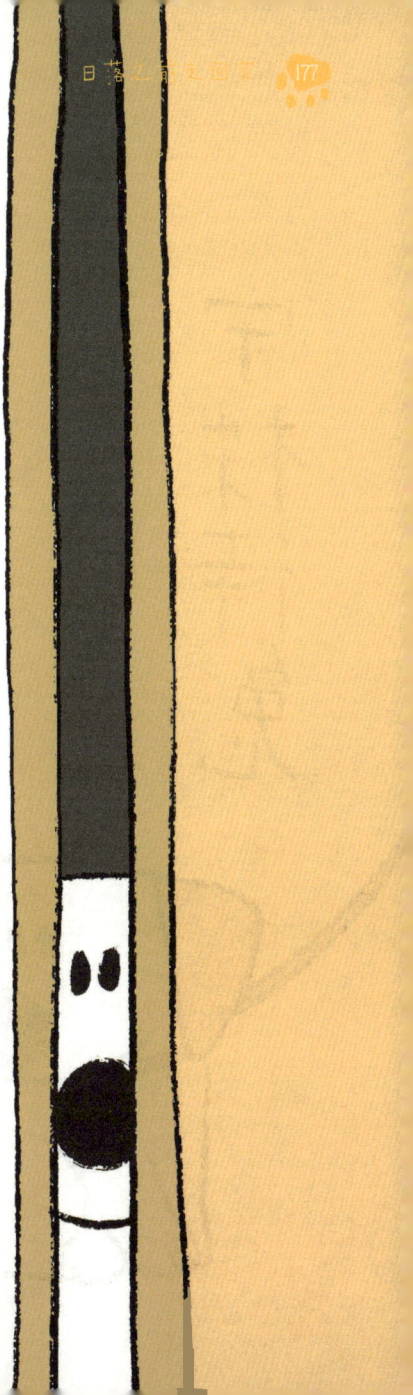

守株待兔

我停在烧烤摊前很久了
只等一个懂事的陌生人
                投喂
        并且不加辣

喜欢和不喜欢的判断依据

人类真奇怪
讨厌一个人
会说他像狗一样
喜欢一个人
却说他像小狗一样

代沟

大狗不和小狗玩
是觉得自己长大了
需要密谋一些
关于宇宙
那样宏大的事

雨神

我喜欢玩水

甩来甩去

把水溅得人类一身

我开始怀疑

只有我玩水

世界才会下雨

散步去

我很喜欢在大街上散步

但一个人

问另一个去干吗

他却说

我去遛狗

作者

草坪上的青草

和河里的水草

在我决定写诗的那一瞬

久别重逢

春天的由来

我冲向草坪那一刻
春天也以更快的速度
在我眼前种植

游泳冠军

我喜欢捞河里的

瓶子、衣服、枯枝

或者我叫不出名字的东西

人类认为它是垃圾

我却把它当作

游泳比赛的

奖品

理发师

小草们
每到春天就要剃头
我只是跑到草坪上
帮忙而已

相对论

久了之后我发现
你是时间的操控者
等待你时，时间好慢
直到你回来，时间才调回正常速度
但偶尔调皮的你
会把快乐的时间变快

比喻

人和人之间的相遇

被称为命运

而我遇见你，是狗屎运

大笑

我不会抿嘴笑

不会偷偷笑

我只会大笑

大到让你发现

就不得不也跟着快乐起来

统称

小狗越来越出名

我就越来越渺小

如果你只爱小狗的统称

怎么会看见我的特别

一期一会

下雪天
我跑出去和雪玩
我用脚印说你好
雪用消失说再见

雨的演变

我不喜欢下雨

但当雨落在地面

变成水

我又喜欢玩水了

世界是流动的

我们对世界的爱太过静止

生物学

我是恒温动物
一颗炙热的真心
可以平衡手脚触碰大地的冰凉

月晒王求

我用脑袋
蹭蹭你的脑袋
两颗不完美的形状
推动地球自转

养成系狗

我用无数次奔跑

来学会坐下

打工狗

你出去上班时
我也上班等人
你回家时
我才休息

多云转晴的好天气

PART 5.

小狗
会孤独吗

我陪着你

坐在家里、走在路上，去很多地方

我陪着你的时候

就不能陪我自己

直到有一天你不经意问

小狗会孤独吗

我就没那么孤独

开关

夏天再热

也不需要现代科技

我张开嘴

身体里的电风扇就会运转

声控

厨房里装着我的收音器

但凡有一点动静

我就会冲进去

得到一个炸丸子、一块肉馅、一片水果

或者什么让我快乐的食物

雕塑

超市

无论你去那

我都会

把眼睛丢在你离开的方向

把双腿放在一旁

在原地

等你回来重新激活我这个雕塑

第二个家

草坪是我的第二个家
我在这里撒泼打滚
没有人会怪我
我也是这样才明白
家，不是一栋房子

黑
洞

关于外星的秘密
被我发现了
球总掉进沙发底
那里就是黑洞

开

心

窗前的花开了
我心里的花也开了
那一刻身为动物的我
理解了植物

我咬过月亮

我咬过月亮

和咬食物、沙发时不一样

我咬月亮时

用的是眼睛

食欲

我什么都爱吃
这样日子才值得咀嚼
可以用余生来消化

眼睛传感器

我想分享我见到的云
路过的花，碰到的有趣的人给你
可我不会说话
只能用眼睛投射在你的眼睛
放映

我不莫方
我爱你

起床、吃、玩耍、遛弯、睡觉

我们的日子早就不新鲜了

我只是一天天

重复性地爱你

掉毛

我不爱雨

但爱下毛毛雨

初始设定

我爱我的身材

和花色

这是我出生前就挑好的

人只看见品种

我选的是我的品位

确定性

明天的天阴晴不定

今天的我和昨天一样

确定喜欢你

相似点

一开始我只是以为我们长得不一样

后来我才知道我是狗，你是人

但我们待在一起久了

我学会了人的表情

你学会了小狗的爱

创建游戏

我出布，你也出布

我们把猜拳玩成了

击掌游戏

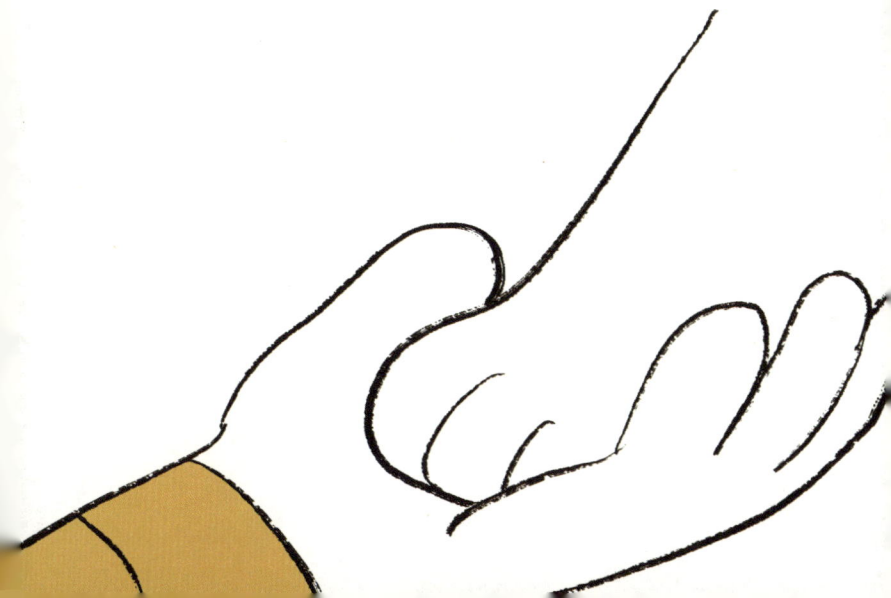

科幻
小说

有一天狗统治世界

把人类当宠物

这样你就不用去上班

不用出差

不用离开我

红绿灯

十字路口的灯
是你的暂停键
每次路过
都要跟着你停一会儿

找
自
己

下过雨后

我去路边的水坑找自己

找到了

就天晴了

游泳池

河里的水用来游泳
杯子里的水用来喝
我要喝多少杯水
才可以在肚子里建一个游泳池

外星文明

我露出肚皮

创造了新大陆

爪子是一棵棵树

你的手是降落的外星文明

记仇

记仇是仇人之间的事

而你是我的朋友

我只记得你

取名

我花了好长时间
才明白你常说的那个词
是我的名字
与其说是你给我取名
不如说是时间
让我们相认

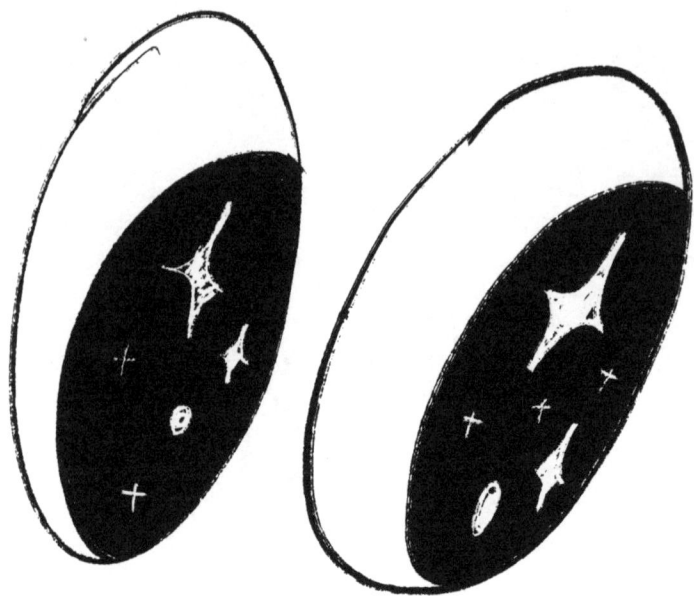

秘密

我黑漆漆的眼睛

是宇宙最小的黑洞

可惜人类

还没有发现它

抱抱

当我们不知如何爱人时

就会选择拥抱

爱是无用的

但拥抱有用

狡辩

你一定误解了

我总在你吃东西时出现的原因

我并非贪吃

那只是我了解你的

方式

乐观主义

烦恼是一个玩具
它会让我去找开心

对话

不管你说什么

我都会汪汪汪

你可以把它理解为

好的，可以，没问题

年龄焦虑

不管几岁

都要吃好睡好

狗的寿命比人短

却从来没有年龄焦虑

一生

我还没有到

可以说一生的年纪

但那些奔跑过的脚印

一行又一行

已经写过很多诗了

图书在版编目（CIP）数据

风来自你的方向 / 隔花人著；大绵羊 BOBO 绘 . —
杭州：浙江人民出版社，2024.1（2025.9重印）
ISBN 978-7-213-11272-0

Ⅰ.①风… Ⅱ.①隔… ②大… Ⅲ.①诗集 – 中国 –
当代 Ⅳ.① I227

中国国家版本馆 CIP 数据核字（2023）第 234213 号

风来自你的方向
FENG LAIZI NI DE FANGXIANG

隔花人 著　大绵羊BOBO 绘

出版发行	浙江人民出版社（杭州市拱墅区环城北路 177 号 邮编 310006）
责任编辑	祝含瑶
责任校对	陈春
封面设计	土豆结衣
印　　刷	河北鹏润印刷有限公司
开　　本	787 毫米 ×1092 毫米 1/32
印　　张	8
字　　数	128 千字
插　　页	2
版　　次	2024 年 1 月第 1 版
印　　次	2025 年 9 月第 10 次印刷
书　　号	ISBN 978-7-213-11272-0
定　　价	55.00 元

如发现印刷质量问题，影响阅读，请与市场部联系调换。
质量投诉电话：010-82069336